LÉGENDES

ET SUPERSTITIONS POPULAIRES

DU BERRY

LÉGENDES

ET

SUPERSTITIONS POPULAIRES

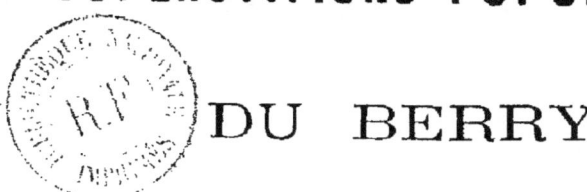

DU BERRY

PAR

M. Ludovic MARTINET

BOURGES

IMPRIMERIE COMMERCIALE (P. BARANGER, Dir.)

5, rue de l'Arsenal, 5.

—

1879.

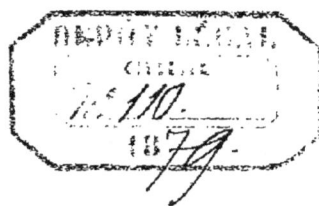

LÉGENDES

ET

SUPERSTITIONS POPULAIRES

DU BERRY

L'homme a toujours été avide de merveilleux : ce
que son ignorance ne lui permet pas d'expliquer, il
l'attribue à l'influence occulte de forces surnaturelles.
De là la multitude des superstitions, que l'on trouve
à peu près les mêmes partout. L'homme meurt, les
générations passent, les sociétés disparaissent : les
superstitions restent et se transmettent d'âge en âge,
à peine modifiées dans la succession des siècles.

Les dominateurs des peuples ont toujours exploité
à leur profit cette crédulité naturelle. Toute religion
qui cherchait à s'introduire dans un pays conquis
adaptait à ses fins les croyances populaires ; elle se
les appropriait ; elle les sanctifiait, ne pouvant les
détruire.

Une foule de saints guérisseurs vénérés depuis des
siècles, la plupart de nos vieux pèlerinages miraculeux n'ont pas d'autre origine ; car toutes les reli-
gions ont une ambition commune : entretenir l'ignorance populaire, afin de pouvoir dominer et diriger
les esprits à leur guise. Là réside la condition essen-
tielle de leur existence.

Plus tard, lorsqu'elles ne sont plus maîtresses de
maintenir cette ignorance, lorsqu'elles sentent que
les masses se sont émancipées au point de vouloir

s'affranchir de tutelle, elles tâchent de confisquer à leur profit l'instruction publique : telle est la phase contemporaine dans laquelle nous sommes entrés et dont nous nous efforçons de sortir.

Aujourd'hui, l'instruction se répand de plus en plus dans toutes les classes de la société. Avec elle, la lumière ; le surnaturel pâlit peu à peu devant le flambeau du positivisme ; mais la science n'a pu parvenir encore à déraciner complètement les superstitions qui ont bercé notre enfance : on les trouve toujours vivaces dans une foule de contrées, notamment dans notre vieux Berry.

J'ai déjà publié, lors de l'Exposition des Sciences anthropologiques, un travail sur le *Berry préhistorique*. Cet ouvrage ne doit être considéré que comme une ébauche ; les découvertes que j'y relate ne sont pas complètes ; sur plusieurs points des deux départements, je n'ai pu obtenir que des indications insuffisantes. Aujourd'hui, je fais de nouveau appel à mes lecteurs : je les prie de me communiquer non-seulement les légendes et traditions qu'ils pourront recueillir dans leur région, mais aussi la description des monuments et des découvertes préhistoriques dont ils auront connaissance.

I

Parmi les superstitions berrichonnes que George Sand a poétisées dans ses *Légendes rustiques*, il faut citer les Pierres-Sottes ou Pierres-Caillasses, les Hommes-de-Pierre, les Demoiselles ou Filles-Blanches, les Lavandières ou Laveuses-de-Nuit, le Lupeux, les Flambettes, Flamboires ou Feux-Follets, la Peillerouse ou Mendiante-de-Nuit, la Brayeuse-de-Nuit, la Hure, animal hideux, gravissant la nuit contre les murs, et « si vilain » qu'on ne peut le regarder sans mourir de peur ; le Casseux, Coupeux

ou Batteux-de-Bois, ou l'Homme-de-Feu ; la Grand'
Bête, sorte de chienne de la grosseur d'une génisse,
qui suit, sans leur faire de mal, les passants attardés.

Il y a quelques années, dans la commune de
Reuilly, un laboureur fut, un soir, poursuivi par la
Grand'Bête ; c'était, disait-il, un animal gros comme
une taure de deux ans, avec de grandes cornes, de
grands poils roux hérissés, de grands yeux brillants.
Quand il courait, la Grand'Bête courait ; quand il
marchait, elle marchait ; quand il « restait d'arrêt »,
elle « restait d'arrêt ». Par instants, elle lui appuyait
sa tête sur l'épaule et elle « l'haleinait » de si près
qu'il sentait son souffle chaud lui passer sur le
visage. Il se réfugia, haletant, dans une ferme voisine, sise à l'embranchement de trois routes. Après
s'être réconforté quelque temps au coin du feu, il
prit son courage à deux mains et sortit en chantant
à tue-tête pour se donner du cœur. La Grand'Bête
l'attendait de l'autre côté des bergeries. Il rentra précipitamment et resta jusqu'au lendemain. Comme
dans tous nos domaines de Champagne, le person-
nel de la ferme était fort nombreux : nul n'osa bou-
ger.

Citons encore les Lubins ou Lupins, les Loups-
Garous, les Meneux-de-Loups, le Moine-Bourru, la
Birette, sorte de fantôme particulier au département
du Cher, qui, la nuit, parcourt les champs, couvert
d'un suaire blanc : sa rencontre est de mauvais
augure. De même que sur la Grand'Bête et les autres
apparitions de cette nature, les balles de fusil n'ont
pas d'effet sur la Birette, à moins qu'on n'ait eu la précaution de les faire bénir par le curé de la paroisse.

Qui ne connaît, au moins de réputation, la Chasse-
à-Ribaud ? La Chasse-à-Ribaud ou à Baudet est un
bruit qu'on entend à n'importe quelle heure de la
nuit. On dirait un nombre considérable de voix de
chiens de différentes grosseurs et, par-dessus tout,
la voix forte et grave d'un gros dogue accompagnant
par intervalles égaux, ce concert discordant. Cela
vous passe au-dessus de la tête à une très-faible

hauteur, mais on ne voit absolument rien. Cela suit, de préférence, les bas-fonds, les prairies, les lieux solitaires. Tous ceux qui ont entendu la Chasse-à-Ribaud la dépeignent identiquement de la même manière.

Tout récemment, au mois d'avril 1879, un jeune homme des environs de Graçay rentrait le soir chez lui en suivant la route de Nohant, quand soudain il entendit au-dessus de sa tête la Chasse-à-Ribaud, accompagnée comme toujours par la traditionnelle grosse voix qui domine toutes les autres. La chasse passait si près de lui qu'il baissa instinctivement la tête, craignant, dit-il plus tard, qu'elle ne lui enlevât son chapeau. Il n'osa pas regarder en l'air; mais il entendit la chasse se diriger au-dessus du Marais et se perdre dans le Pré-Tambour, non loin du cimetière de Graçay.

Quelquefois, mais rarement, les apparitions ont lieu le jour : je me bornerai à en citer un exemple. Il y a bien des années déjà, un vieillard de Graçay, aujourd'hui décédé, revenait d'Issoudun à pied, par une journée brumeuse. Il n'était plus qu'à un kilomètre de la ville, quand, vis-à-vis le Pilier-de-la-Justice, à dix mètres environ de lui, il aperçut une dame encapuchonnée et couverte d'un manteau. Après un moment de saisissement, il s'approcha d'elle et lui offrit galamment la moitié de son parapluie; mais l'apparition s'évanouit aussitôt sans laisser de traces. Si l'apparition avait eu lieu à notre époque, nous aurions compté une vierge miraculeuse de plus.

La Brenne surtout, de même que la Bretagne, est riche en légendes de toute sorte, qui disparaissent rapidement et seront bientôt complétement oubliées. C'est le pays des Meneux-de-Loups, des Loups-Garous, des Sorts. Une des communes les plus réputées en sorcellerie est Paulnay. Aujourd'hui encore le Brenous répète ce dicton :

> Paulnay, Saulnay, Rosnay, Villiers,
> Quatre paroisses de Sorciers.

Toute la région comprise entre le lac du Suin, Rosnay, Migné et les bords de la Creuse, était autrefois, plus qu'ailleurs encore dans le reste de la Brenne, l'objet des terreurs les plus superstitieuses. La forêt était peuplée de Loups-Garous, les clairières de Revenants, les ruisseaux de Laveuses-de-Nuit, les marais de Feux-Follets. Malheur à celui qui s'engageait dans ces sombres retraites, il n'en revenait jamais !

La forêt de Chanteloube, près de la Motte-de-Presle, dans la commune de Mers, était tellement redoutée, qu'on n'osait y pénétrer que pendant le jour. Dès la tombée de la nuit, ses profondeurs mystérieuses se remplissaient de bruits sinistres; de lugubres fantômes glissaient le long des arbres, secoués par des forces invisibles. Si un malheureux, égaré dans ces lieux redoutables, était conduit par son mauvais génie vers la Fosse-du-Diable, il était forcé d'y rester jusqu'au jour sans pouvoir s'en éloigner, car il revenait sans cesse sur ses pas. Aujourd'hui encore personne probablement ne consentirait à aller, vers minuit, à la Fosse-du-Diable.

Dans une foule de localités du Bas-Berry, on retrouve vivace le souvenir de Gargantua, dont la légende, si populaire, est bien antérieure au héros de Rabelais. C'est Gargantua qui, en secouant la boue attachée à son sabot, produisit la petite éminence qui se dresse isolée dans la plaine de Montlevic; c'est lui qui, venant de la capitale du Berry en une seule enjambée, laissa tomber le monticule qui s'élève près de Clion et que l'on appelle le Pied-de-Bourges; dans la commune de Châtillon-sur-Indre, il a semé les Départures-de-Gargantua qui font suite au Pied-de-Bourges; sur les bords de la Creuse, il avala un bateau chargé de moines; précédemment il avait, dans les environs d'Issoudun, absorbé par mégarde sa nourrice en voulant la téter, et l'on ne retrouva la bonne femme que le lendemain, en changeant les langes de son nourrisson. Enfin la « horde vieille », habile à confectionner les « restrictifs », et qui « avoit réputation d'estre grand médicine, estoit venue de Brisepaille, d'auprès Sainct-Genou », pour assister Gargamelle lors de la naissance de Gargantua.

Ce mythe de Gargantua existe non-seulement dans la région de l'Indre touchant à la Creuse, mais aussi dans tout l'Ouest de la France et jusqu'en Grande-Bretagne. Rabelais, selon toute probalité, l'a emprunté aux croyances de la Saintonge, du Poitou et du Bas-Berry, qu'il a habité pendant quelque temps. L'île d'Oléron, par exemple, possède les Galoches, la Cuiller et le Palet-de-Gargantua : on suppose que ce sont des dolmens, dont les tables seules subsistent. Près de Poitiers est un dolmen connu sous le nom de Pierre-de-Gargantua. A Mauvières, dans la Brenne, existent un dolmen et un menhir appelés le Palet-de-Gargantua ou des Géants. Suivant la légende, la table du dolmen est le palet, et le menhir est le bouchon sur lequel les géants exerçaient leur adresse. Au surplus, les villages et les chaumières d'une partie du Bas-Berry admettent toujours l'existence de géants qui ont habité jadis le pays et que l'on voit apparaître et se promener dans les « mauvaises nuits. »

II

Le souvenir des fées est encore vivace dans une foule de localités du Berry. Presque partout ce sont elles qui ont édifié les dolmens et les menhirs, qu'elles portaient, malgré leur pesanteur énorme, dans leurs tabliers de gaze. Souvent aussi elles n'avaient pas le temps de les mettre en place, surprises qu'elles étaient, avant la fin de leur besogne, par le chant matinal du coq.

C'est ce qui arriva, entre autres, pour les dolmens de la Pierre-du-Charnier, commune de Saint-Aigny, et de la Pierre-à-la-Fade, commune de Douadic. La légende rapporte que la table de ce dernier dolmen était destinée aux fondations du donjon du Bouchet; mais la fée, qui était condamnée à transporter ce bloc dans son tablier, fut surprise par l'aurore avant d'avoir accompli sa tâche : le coq chanta; le frêle tablier se déchira, et la pierre tomba lourdement au bord de la Mer-Rouge. Aujourd'hui encore, si l'on s'attarde, la nuit, près de l'immense étang, on voit fuir au-dessus des eaux une petite flamme tremblottante : c'est la pauvre fée qui revient, sans pouvoir terminer la tâche qui lui avait été confiée. Quant au donjon du Bouchet, on aperçoit toujours la place où manque l'assise que portait la fée.

Une légende analogue existe sur le menhir de la Pierre-à-la-Femme, commune de Saint-Georges-sur-Moulon. Ce monolithe en granit rouge a été apporté du fond de la vieille forêt de Haute-Brune par une fée d'une beauté remarquable et d'une taille colossale ; mais, à la pointe du jour, son tablier de gaze se déchira, et le bloc, en tombant, s'enfonça dans le sol. La fée portait en même temps un autre bloc d'égale grosseur, qui se brisa en s'échappant du tablier, et dont les fragments s'aperçoivent encore à quelques pas de là.

D'après une autre légende, la pierre plantée par la femme inconnue n'était qu'un petit caillou qui grandit rapidement, jusqu'à ce qu'il eût atteint sa grosseur actuelle.

Quoiqu'il en soit, depuis ce jour, chaque soir, au crépuscule, la belle étrangère revient errer autour du rocher mystérieux : c'est que celui-ci protége un immense trésor, caché dans un souterrain qui ne s'ouvre que le dimanche des Rameaux. Ce jour-là, le pouvoir de la fée expire : Au moment même où la procession va rentrer à l'église, le menhir se soulève et laisse libre l'entrée du caveau. Il faut alors se hâter d'y pénétrer, si l'on en a le courage, et remplir rapidement ses poches d'or et de pierres précieuses ; car à peine le prêtre a-t-il frappé les trois coups sacramentels de l'*Attollite portas*, la pierre se redresse brusquement et referme le souterrain jusqu'à l'année suivante. Combien de malheureux, jadis, ont été ensevelis vivants, victimes de leur cupidité et de leur impiété !

Je me rappelle avoir plusieurs fois entendu raconter une légende identique, qui se passait dans un vieux château situé à quelques kilomètres de Reuilly. Là aussi, le jour des Rameaux, au moment même où la procession, revenant à l'église, s'arrête un instant devant les portes closes, une cachette pratiquée dans l'épaisseur d'une énorme muraille s'entr'ouvrait d'elle-même.

Un jour, une femme, ayant son enfant à la mamelle, eut l'audace d'y pénétrer. Un monceau d'or frappa ses regards. Incapable de résister à la tentation, elle posa l'enfant, remplit son tablier et sortit, emportant une faible partie du trésor ; puis elle revint précipitamment chercher son nourrisson : la muraille s'était refermée. La pauvre mère affolée pria, implora la Vierge et les saints : tout fut inutile. La nuit suivante, une fée lui apparut et lui dit : « Ne pleure plus ; dans un an, jour pour jour, heure pour heure, ton enfant te sera rendu, si tu rends, toi, intégralement tout ce que tu as pris. Mets tous les samedis soir une chemise blanche au pied du mur, vis-à-vis de la « cache » ; tous les dimanches matin, tu trouveras à la place la chemise sale de la semaine. » Ainsi fut fait. L'année suivante, le dimanche des Rameaux, à l'instant précis où le prêtre s'arrêtait à la porte de l'église, la muraille s'entr'ouvrit de nouveau. La mère, anxieuse, courut reporter le trésor à sa place, reprit son fils, et la muraille se referma pour toujours. Quant à l'enfant, il avait grandi, profité, et il se portait à merveille.

Au surplus, la tradition ajoute que d'immenses trésors sont enfouis près de ce même château de l'Ormeteau. Le dicton populaire prétend, en effet, qu'il existe

> Des Ecuries aux Bergeries
> De quoi acheter tout Reuilly.

Dans le Bas-Berry, vers le sud du département de l'Indre, les fées sont connues sous le nom de Fades, Fadées, Martes, Marses. Dans quelques régions pourtant, surtout dans l'arrondissement de La Châtre, on les appelle, comme dans le Midi, Dames, Demoiselles.

C'est principalement sur les bords pittoresques et sauvages de la Creuse, de la Bouzanne, de l'Anglin, du Porte-feuille, que leur souvenir s'est conservé le plus vivace. Là, dans chaque grotte, sur chaque rocher, autour des nombreux dolmens et menhirs semés dans la contrée, on les voit errer et accomplir leurs rites mystérieux.

Une de leurs principales demeures est l'Aire-aux-Martes, dans la commune de Saint-Benoît-du-Sault, au pied du coteau de Montgarnaud. Là est une ravine, profondément encaissée, où le Portefeuille bondit avec fracas de rochers en rochers. Dans cette cascade pittoresque, quand les eaux sont basses, on distingue, au fond du ruisseau, arrondis et creusés dans le roc, le chaudron, le poëlon, les ustensiles en pierre servant à leur cuisine. Tandis que les mâles s'efforcent de poser sur ses supports la table inclinée du dolmen, les femelles essaient d'allumer du feu dans la cascade pour faire bouillir leur marmite de granit, et, impuissantes, font retentir les échos de leurs cris et de leurs vociférations.

Les Martes de Montgarnaud sont de grandes femmes hideuses, décharnées, à peine vêtues, aux cheveux longs, noirs et raides, aux yeux de flammes, aux mamelles flasques, pendant jusque sur leurs cuisses. Du haut de la table d'un dolmen, du faîte d'un menhir, elles appellent parfois, à la tombée de la nuit, les bergers et les laboureurs. Si ceux-ci ne se hâtent pas de répondre à leurs avances amoureuses, elles les poursuivent, en rejetant leurs seins par dessus leurs épaules. Malheur à celui qui ne fuit pas assez précipitamment et qu'elles contraignent à subir leurs baisers impudiques !

Leurs maris, frères ou amants, nommés aussi

2

Martes ou Marses, sont des géants dont la force surhumaine est prodigieuse : ce sont eux qui ont apporté et dressé les dolmens et les menhirs. L'un d'entre eux, lorsqu'il fallut poser sur ses supports la table du dolmen de Montborneau, se vanta de pouvoir à lui seul soulever cette pierre immense ; mais les forces lui manquèrent, et, bien que ses trois compagnons soient accourus à .son secours, il ne parvint même pas à lever le côté dont il était chargé aussi haut que les autres. Voilà pourquoi la table du dolmen de Montborneau est toujours restée inclinée.

Les Fades sont bien plus douces et bien moins turbulentes que les Martes. Elles sont très connues dans le canton de Sainte-Sévère, où elles se tiennent de préférence au milieu des campagnes arrosées par les petits affluents de l'Indre. Elles consacrent généralement tout leur temps aux troupeaux, ainsi que le prouve le souvenir vivace, conservé à Notre-Dame-de-Pouligny, d'une de ces fées qui habite une grotte connue sous le nom de Trou-aux-Fades. Ce sont elles qui, la nuit, nettoient les étables, soignent les bestiaux, étrillent les chevaux, leur lustrent le poil et quelquefois nouent malicieusement la crinière des cavales.

Souvent les noms de lieux offrent un reflet de ces vieilles superstitions populaires : Tels sont le Trou-aux-Fades, à Notre-Dame-de-Pouligny, et à Saint-Saturnin ; la Fontaine-de-la-Demoiselle, à Saint-Maur ; la Fontaine-de-la-Bonne-Dame, à Prissac ; l'Etang-de-l'Effe-à-la-Dame, à Rosnay ; la Fontaine-à-la-Dame, à Longefont, près Saint-Gaultier ; le Champ-de-la-Dame ; le Pré-de-la-Dame, que l'on retrouve dans plusieurs contrées, etc.

Dans la commune de Lacs, le Pré-à-la-Dame et le Champ-de-la-Demoiselle sont le lieu de promenade favori de la Dame-de-la-Font-Chancela, si belle, si perfide, dont la source glacée, qui lui sert de demeure, est si dangereuse pour quiconque a l'audace de venir s'y désaltérer pendant les chaleurs de la canicule.

La nuit, on voit s'élever au-dessus de ce palais de cristal, une gigantesque figure de femme qui « se perd dans le temps », sans changer de place, quand on approche d'elle.

La magnifique fontaine de la Font-de-Font, à Lourouer-Saint-Laurent, est le rendez-vous des Laveuses-de-Nuit. Près de la ville d'Henrichemont, le Lac-aux-Fées était fréquenté par deux jeunes filles dont la tradition a perpétué les hauts faits : naguère encore, on les voyait revenir, certains soirs, sous forme de lueurs phosphorescentes.

III

Dans beaucoup de localités, les fées ont été sanctifiées : on les a alors surnommées Dames, Bonnes-Dames, sans doute par euphémisme, ainsi que les anciens faisaient pour les Euménides, car les fées, bien qu'elles ne soient pas ordinairement méchantes sont toujours redoutées : or l'homme invoque surtout ce qu'il craint. Telles sont la Bonne-Dame-de-Sainte-Sévère, en grande vénération dans cette commune et dans la contrée environnante ; Notre-Dame-de-Pouligny, qui doit son nom à une vierge miraculeuse, dont le souvenir s'est, de nos jours, considérablement affaibli ; la Bonne-Dame-des-Bois, à Diors, et la Bonne-Dame-du-Chêne, dans la forêt de Châteauroux, dont le pèlerinage était jadis si fréquenté ; Notre-Dame-des-Miracles, à Déols, dont la chapelle, longtemps en grande vénération, fut démolie en 1832 ; la Bonne-Dame-de-Vaudouan, à Briantes, le pèlerinage le plus célèbre de tout le Bas-Berry.

Le 25 mars de l'an 1013, une bergère découvrit la statuette de la Vierge, flottant sur les eaux de la fontaine de Vaudouan. On porta successivement la statue dans l'église de Briantes et dans celle de Saint-Germain, de La Châtre ; mais toujours, dès le lendemain, la vierge avait disparu, et on la retrouvait invariablement flottant dans la fontaine. On résolut alors de bâtir un sanctuaire en cet endroit. En vain prit-on toutes les précautions voulues : l'eau envahissait constamment les fondations et entravait les travaux. Désespéré, l'architecte jeta de dépit son marteau en l'air : un coup de vent l'emporta à 500 mètres plus loin dans la prairie, et la chapelle fut construite sur le point même où il tomba.

Une légende analogue est relative à la fondation de Neuvy-Saint-Sépulcre et de Bourges ; seulement, pour cette dernière ville, le marteau du géant, en s'élevant dans les airs, franchit les 16 kilomètres qui la séparent de Quantilly. Aujourd'hui encore, la statue miraculeuse de la vierge de Vaudouan attire chaque année, au mois de septembre, environ 10,000 pèlerins.

Chacune de ces Dames constitue une divinité particulière ; chacune a ses attributions, ses propriétés miraculeuses parfaitement distinctes de celles des autres Bonnes-Dames. Notre-Dame de Graçay ne possède pas la même spécialité que Notre-Dame d'Issoudun ; l'une ne saurait être efficacement invoquée pour l'autre ; et ces distinctions superstitieuses ne sont pas près de disparaître dans nos régions, car c'est sur la dévotion aux Bonnes-Dames qu'est presque uniquement basée la religion populaire.

Partout, dans nos campagnes, la Vierge a donc été substituée aux Fées. Ainsi s'explique pourquoi la sainte Vierge venait, pendant la messe de minuit, se placer sur la table la plus élevée des Pierres-Folles de Nohan-en-Gracay, aujourd'hui détruites, tandis que les supports et les pierres du cromlech dansaient et tournaient autour d'elle.

D'autres monuments mégalithiques ont, eux aussi, l'habitude, à certaines époques de l'année, de se livrer à une sarabande effrénée. Les menhirs de Vasselay et de St-Georges-sur-Moulon sont dans ce cas ; il en est de même de la Pierre-Branlante de Dame-Sainte, qui tourne sur elle-même chaque dimanche des Rameaux, au moment où le prêtre prononce l'*Attollite portas*. Au surplus, nos monuments de pierre, qui, tous, cachent d'immenses trésors, ne restent immobiles que pour fermer l'entrée du souterrain qui les enserre ; mais cette immobilité est un leurre. Celui qui aurait la hardiesse d'en approcher pendant certaines nuits, pendant la nuit de Noël, par exemple, les verrait danser, sauter et se livrer à des ébats singuliers. Il est vrai qu'il serait fort dangereux d'être aperçu dans de tels moments par ces pierres vindicatives : elles ne manqueraient pas de poursuivre l'imprudent, de l'atteindre, de l'écraser sous leur masse.

Les noms de Pierres-Folles, Rochefolle, si fréquemment appliqués dans nos contrées aux monuments mégalithiques, ont donc la double signification du mot latin *fatua*, folle et fée. Les Pierres-Folles ne sont pas seulement des pierres qui dansent follement à certaines époques de l'année, ce sont aussi des Pierres-des-Fées, des Pierres-Fées. Et par le fait elles ont toutes une fort mauvaise réputation, et elles sont grandement entachées de sorcellerie. Sorcier est le menhir d'Allouis, connu sous le nom de Pierre-Longue ou Pierre-à-la-Bergère : il porte à sa base une double cavité assez profonde où l'on peut introduire la main et qu'il est impossible de boucher. A plusieurs reprises, on a tenté de fermer cette ouverture avec des pierres et de la terre ; dès le lendemain, l'ouverture était redevenue complètement vide. Sorcière aussi, la Pierre-à-Nom, qui existe dans la commune de Douadic, près du domaine d'Arminié : ce nom, nul ne le connaît, nul ne peut le connaître, car celui qui le saurait mourrait immédiatement.

Quelques-unes pourtant de ces pierres, mais cela est rare, ont une influence bienfaisante : telle était la Pierre-de-Midi ou Pierre-à-la-Mariée, que l'on voyait, il y a quelques années, sur le champ de foire de Graçay, en haut du Paradis et tout près du Puits-d'Enfer. C'était une vaste dalle horizontale sur laquelle les jeunes filles venaient danser le jour de leurs noces, afin d'être heureuses en ménage et d'avoir beaucoup d'enfants. Le sol avait été profondément excavé sous cet énorme rocher ; on fut forcé de le briser, pour prévenir les accidents que sa chute aurait pu entraîner.

Enfin quelques-uns de ces monuments ont été sanctifiés par le Christianisme, et ils ont acquis par là la faveur d'être en grande vénération. De ce nombre sont : le menhir de Chitray, qui est surmonté d'une croix ; celui de la Croix-de-Puy-Morin, commune de La Châtre-Langlin, qui porte, grossièrement taillée sur une de ses faces, une croix à traverses arrondies ; celui de la Croix-des-Rendes, même commune, au sommet duquel est gravée une petite croix de 25 centimètres de longueur. On montre à Arthon le Pas-de-la-Mule, rocher sur lequel s'arrêta le cardinal Eudes de Châteauroux, évêque de Tusculum, natif de Neuvy-Saint-Sépulcre, lorsqu'il rapporta le précieux sang et les saintes reliques qu'il avait obtenues à Jérusalem : le pied de sa mule et l'extrémité de sa crosse s'imprimèrent sur la roche. A Sainte-Gemme, saint Martin s'arrêta sur un dolmen pour prêcher les habitants ; mais, ne pouvant les convertir, il laissa sur la table l'empreinte de ses pieds, de ceux de son âne et du bout de son bâton, afin de prouver à tous que le cœur des hommes était souvent plus dur que les rochers eux-mêmes.

IV

On ne trouve pas pour les tumulus de légendes populaires, de traditions aussi fortement enracinées que pour les dolmens ; je citerai néanmoins les deux tumulus de Migny, qui ont été élevés par deux fées rivales. L'une d'elles, afin de pouvoir franchir la rivière à pied sec, remplit de terre et de pierres son tablier de gaze, et elle les secoua dans les eaux de

l'Arnon qui, parait-il, était alors très-profond à cet
endroit ; mais l'autre fée, se changeant en mouche-
ron, vola piquer le nez de sa rivale. Celle-ci, en cher-
chant à se débarrasser de l'importun, laissa tomber
dans le pré voisin le reste de la terre qui était encore
dans son tablier : ainsi furent formés le gué qui
existe aujourd'hui dans la rivière et le petit tumulus
qui se dresse en face.

Jadis une fée apparaissait au sommet de la Motte-
de-la-Guerne, commune de Lunery, et les bergers,
dès qu'ils approchaient de ce vieux rempart, étaient
poursuivis par un homme à longue barbe. Aujour-
d'hui, homme et fée ont disparu ; mais toutes les
nuits le chant du coq se fait entendre en haut, sur la
colline abrupte.

Les tumulus ne sont pas non plus l'objet d'une
terreur aussi superstitieuse que les monuments mégalithiques. Pourtant quelques-uns ne laissent pas
que d'être redoutés par les paysans qui ne les appro-
chent qu'en tremblant, surtout la nuit : tel est le
tumulus de Giroux.

Il y a quelques années, un esprit fort de la commune voulut en extraire du sable et peut-être aussi
s'emparer du trésor qui y est enfoui. Mais soudain le
sol glisse sous ses pieds ; il sent des mains infernales
qui le tirent par les jambes et cherchent à l'entraîner
au fond des abimes : il n'eut que le temps de se sau-
ver chez lui. Depuis, personne n'y est revenu.

Les légendes relatives aux mardelles et aux sou-
terrains sont généralement plus nombreuses que
celles relatives aux tumulus. On entend, la nuit,
sortir du Crot-à-la-Brayeuse, commune d'Allouis, un
bruit cadencé semblable à celui que, par un temps
calme, produit la braye, manœuvrée par les femmes,
dans la cour des fermes : c'est une blanche fée, qui
est condamnée à broyer du chanvre pour toute
l'éternité, et que l'on voit parfois, au clair de la lune,
se promener en filant sa quenouille autour de la fontaine du Griffon.

Dans la Mardelle-Sainte, près de Sainte-Fauste, est enterrée la sainte qui a donné son nom à la commune. Voici dans quelles circonstances :

Le corps de Fauste était, depuis un temps immémorial, conservé dans l'église paroissiale, quoique les moines de l'abbaye de la Prée aient prétendu avoir possédé, eux aussi, ces reliques miraculeuses. Tentés sans doute par le démon, des dévots d'une localité voisine forcèrent les portes de l'église au milieu de la nuit et ne craignirent pas de ravir le précieux trésor. Tout alla bien jusqu'à la limite de la paroisse: à cet endroit, les bœufs qui trainaient la charrette sur laquelle avait été déposée la châsse de la sainte, refusent d'avancer ; rien n'y fait, ni menaces, ni coups d'aiguillon. Alors les ravisseurs se décident à charger les reliques sur leurs propres épaules ; mais, à peine les ont-ils touchées, qu'ils sont tous frappés de douleurs atroces. Eperdus, affolés, ils s'enfuient en poussant des cris lamentables, et la Sainte, se relevant, va d'elle-même s'ensevelir au fond de la mardelle.

Depuis ce jour, tous les lundis de la Pentecôte, une affluence considérable de pèlerins accourt chaque année vers la Mardelle-Sainte chercher un remède à ses maux. En outre de ce pèlerinage annuel on y fait, pour la guérison des douleurs, des neuvaines efficaces qui doivent être exécutées à jeun, le vendredi, pendant trois semaines de suite. La neuvaine finie, on dépose son offrande au pied de la croix plantée au bord de la Mardelle, on se rend à l'église faire brûler un cierge devant la statue de la patronne, et l'on s'en retourne complétement guéri.

Un autre mardelle, sise dans la commune de Primelles, provoque également chaque année l'affluence d'un grand nombre de fidèles : elle est dédiée à saint Firmin.

Un jour, un bœuf mugit, gratta la terre et en fit sortir la statue du saint, aujourd'hui placée dans l'église paroissiale. Depuis ce temps, tous les mala-

des, pour guérir leurs douleurs et raffermir leurs forces épuisées, doivent aller chercher et emporter
pieusement quelques parcelles de la terre où a été
découverte la statue. Quant à l'excavation creusée
par le bœuf, il n'a jamais été possible de la combler.
Dès qu'on veut la boucher, elle se rouvre invariablement le lendemain.

Quelques mardelles sont fort redoutées, principalement de ceux qui, pendant la nuit, sont forcés de passer
auprès d'elles. Plusieurs, surtout celles connues sous
le nom de Trou-aux-Fades, Fosse-aux-Loups, Crot-
du-Diable, servent de rendez-vous nocturnes aux
fées, aux sorciers, aux loups-garous.

L'une d'elles, sise dans la commune de Saint-
Pierre-de-Jards, est fréquentée, à certaines époques
de l'année, par le diable, qui se promène autour dans
un grand carrosse à six chevaux. Cette légende du
carrosse est très-populaire dans la contrée. Je l'ai
souvent entendu raconter dans mon enfance. Pendant certaines nuits, le carrosse, traîné par six vigou-
reux chevaux noirs, jetant du feu par les naseaux,
part du donjon de Paudy et va s'abîmer avec fracas
à la place où était le pont-levis du vieux château de
l'Ormeteau.

Il existe, à Saint-Outrille-en-Graçay, un pont jeté
sur le Fouzon, qui n'a jamais pu être terminé. Il y a
bien longtemps de cela, un étranger de haute taille
arrêta sa voiture à l'entrée du pont, alors en cons-
truction, et, d'un ton arrogant, ordonna aux ouvriers
de lui laisser le passage libre. Sur leur refus, l'in-
connu fouetta ses coursiers, franchit d'un bond l'obs-
tacle, et l'équipage s'évanouit dans la prairie, lais-
sant derrière lui une colonne rougeâtre de feu et de
soufre.

Depuis cette époque, il manque et il manquera
toujours une assise au Pont-du-Diable.

V

Il n'y a pas que les fées qui aient été sanctifiées et transformées en vierges : on constate la même transformation pour la plupart de nos saints miraculeux.

Sur plusieurs points du Berry, le culte du Phallus a été christianisé : Saint Phallier à Chabris, à Levroux, à Graçay ; saint Greluchon à Gargilesse, à Nohant-Vicq, à Meillant ; saint Génitour au Blanc, ont, ainsi que le prouvent leurs noms caractéristiques, la propriété de rendre fécondes les femmes stériles. A Déols, saint Ludre jouissait de la même vertu.

Les pèlerinages en l'honneur des saints Phalliques, étaient autrefois fort nombreux dans le Berry ; plusieurs sont encore très courus aujourd'hui. Une statue grossière de saint Phallier se trouve dans une chapelle souterraine, basse et obscure, de l'église de Chabris. Dans une autre crypte plus petite, on voit un sarcophage vide qui passe pour avoir été le tombeau du saint. Celui-ci est toujours l'objet d'une profonde vénération : les femmes stériles l'invoquent afin d'être fécondées ; les hommes affaiblis afin d'être fortifiés. Louis XI, dit-on, y eut recours, dans sa dernière maladie, par l'entremise d'un ambassadeur : Phallier ne l'exauça pas. Or, par une curieuse antiphrase, saint Phallier, suivant le Propre du diocèse de Bourges, est spécialement invoqué par ceux qui désirent être délivrés des convoitises du monde.

L'église Saint-Génitour du Blanc est la continuation d'un temple païen dont la réputation merveilleuse est restée populaire. En 1841, on y a découvert un morceau de sculpture singulière, représentant un monstrueux phallus. Une œuvre sculpturale semblable, trouvée plus récemment dans les environs d'Argenton, est déposée au Musée de Châteauroux, mais à l'abri des yeux profanes.

D'ordinaire, on implore l'intercession du saint en prenant en infusion quelques parcelles de la pierre râclée de sa statue ; mais, à Gargilesse, la râclure, pour être efficace, devait être prise sur une partie spéciale.

A Nohant-Vicq, les restes d'un ancien dolmen, adoré sous le nom de saint Greluchon, ont été, jusqu'en 1789, grattés et avalés par les générations rurales femelles pour avoir des enfants. Il en était de même pour le saint Greluchon, si renommé, de Meillant : De toutes les localités voisines, les femmes stériles accouraient en foule « faire un voyage » à sa chapelle vénérée, et s'en retournaient fécondées. Non loin de là était un couvent de moines.

Les pratiques superstitieuses relatives au culte du Soleil subsistent encore, quoique profondément modifiées, sur plusieurs points du Berry. La fête du Soleil était célébrée, aux approches de l'équinoxe du printemps, à la Chapelle-d'Angillon, à Palluau, à Lacs, où l'on montre encore les ruines d'un temple païen, détruit par saint Martin lors de ses excursions en Berry ; elle était célébrée au solstice d'été, à Quantilly, d'où fut lancé le marteau du géant qui jeta les fondations de Bourges.

Les fêtes de saint Jean-l'Evangéliste et de saint Ursin, apôtre du Berry, sont également la transformation des fêtes solaires du solstice d'hiver. Le jeu de la Sole, pratiqué surtout par les gens d'église, avait lieu autrefois à Bourges, à Lunery et dans d'autres paroisses. Le pèlerinage que les Michelets de la Châtre exécutaient anciennement chaque année, vers la fin de septembre, à Saint-Michel-sur-Mer, est encore un reflet du Sabéisme.

La dévotion si populaire à sainte Solange, la patronne vénérée du Berry, est aussi, comme l'a montré Laisnel de la Salle, un reste du culte solaire. Solange semble être la personnification féminine du soleil; sa fête tombe le 10 mai, mois consacré à Apollon. Son culte attire tous les ans une foule considérable de pèlerins, et la fontaine qui lui est consacrée opère toujours, paraît-il, de nombreux miracles. Les pèlerins « font le voyage à sainte Solange » en mendiant de porte en porte et en étalant d'énormes bouquets faits de laurier, de fleurs éclatantes, de fruits en acier brillant, ornés de rubans aux couleurs voyantes et d'innombrables miroirs et boules métalliques; ce sont les traditionnels « bouquets de sainte Solange. »

Il est inutile d'ajouter ici que, le 24 juin, époque où le soleil est dans toute sa puissance, on célèbre, dans le Berry, comme partout ailleurs, la Saint Jean-Baptiste, qui n'est autre chose qu'une fête solaire.

Dans la même catégorie rentre aussi la fête des Brandons, qui tombe le premier dimanche de carême.

D'autres saints chrétiens, aujourd'hui encore en grande vénération, semblent avoir une origine païenne très-reculée. Leur culte s'est perpétué d'âge en âge, en subissant des transformations religieuses successives. Les saints sont devenus alors la personnification, la matérialisation des maux que les agents naturels étaient impuissants à soulager; il s'est produit là un phénomène analogue à celui d'après lequel la vertu médicatrice d'un remède était, dans l'ancienne iatrique, déterminée par le nom même que portait ce remède.

Saint Firmin raffermit les forces des malades et guérit de la fièvre. La source qui lui était consacrée à Bourges était tellement fréquentée, qu'on avait dû y placer une sentinelle pour empêcher la foule des buveurs de l'épuiser.

Saint Langouret, à Palluau, rend la vigueur aux enfants en langueur, tandis qu'à Saint-Marcel et à Argenton, c'est saint Marin qui guérit les « rechignoux », enfants maladifs, maussades et criards : il suffit d'appliquer un instant, sur les mains et sur la

figure du saint, la coiffure et la chemise du « rechignoux », qui est immédiatement guéri.

Saint Genou est infaillible pour la guérison des
hydatroses, de la goutte et de toutes les maladies
articulaires en général. Dans la commune de Saint-
Genou, on montre encore, près d'une fontaine, l'emplacement de la cellule habitée par le saint que
l'on accourait, de tous les points du Berry, implorer
contre le « mal-des-ardents. »

A Mers, saint Orban guérit les « orbillons », orge-
lets ou maladies des paupières ; — à Nohant-Vicq,
sainte Anne est invoquée pour les nourrices qui n'ont
pas de lait ; — à Chassignole, saint Fiacre est souve-
rain contre les « fics » ou hémorrhoïdes et contre le
« fleur de sang » ; — le précieux sang, qui est conservé dans l'église de Neuvy-Saint-Sépulcre, arrête
instantanément le saignement de nez et la dyssen-
terie. — Le cœur de Robert d'Arbrissel, connu à
Orsan sous le nom de « Monsieur Saint-Cœur, » gué-
rissait jadis toutes les maladies de cœur. — Saint
Sylvain, le patron de Levroux, la personnification
moderne du Taranis gaulois, guérit une foule de
maladies, surtout la peur et le mal de tête ; — à Genouilly, il est précieux contre les furoncles. A
Saint-Georges, le 23 avril, on accourt de fort loin
faire dire des messes aux enfants pour les préserver
ou les guérir du « Mal de Saint-Georges. »

A Vatan, saint Clair guérit la cécité et toutes les maladies d'yeux ; on y vient en pèlerinage, de plus de
dix lieues à la ronde, le quatrième dimanche après
Pâques. Ce jour là, on vendait de petites boules en
terre rouge ou verte, nommées Martelets, et représentant grossièrement une prunelle entourée de
rayons. Trempés dans l'eau de la fontaine Saint-
Clair, les martelets étaient souverains pour toutes
sortes d'ophthalmies : depuis une vingtaine d'années ils ne sont plus en usage. Les anciens ont
remarqué qu'il pleut chaque année le jour de la saint
Clair.

Saint Loup est un de nos saints populaires les plus

courus : Il a des sanctuaires dans les communes de Saint-Loup, Cogny, Meunet-sous-Vatan, Graçay, etc. La plupart des mères mènent leurs jeunes enfants « faire un voyage » à saint Loup, afin de leur faire dire des évangiles contre « la peur », c'est-à-dire contre les convulsions. Or, on fait dire ces évangiles non seulement pour les guérir, mais aussi pour les préserver des convulsions : chacun d'eux, par mesure de précaution, doit faire plusieurs fois le voyage ; il peut même le faire tout aussi efficacement par procuration. Il y a donc là une mine précieuse, dont l'exploitation intelligente permet de réaliser de sérieux bénéfices.

Un des pèlerinages les plus célèbres de Saint Loup est celui qui chaque année se tient à Meunet-sous-Vatan, le premier dimanche de septembre. Malheureusement une concurrence redoutable vient de lui être suscitée dans une paroisse voisine : Saint-Loup qui, de tout temps, faisait merveille à Meunet, transporta, en 1876, une partie de ses pénates et de son influence dans la riche et coquette église de Gracay ; depuis lors il attire vers son nouveau domicile une foule d'enfants, de cierges, d'évangiles et d'offrandes, grossissant chaque année avec rapidité.

N'est-ce pas un signe des temps que de voir les saints à miracles, les plus vieux et les plus vénérés, délaisser eux-mêmes la modeste crèche d'une église rurale, pour venir trôner au milieu des palais décorés par l'or de la piété moderne ?

Chose singulière, aucun des guérisseurs les plus populaires du Berry n'est mentionné sur la curieuse et instructive « Nomenclature des Patronages » publiée dans le catalogue des statues de M. Léon Moynet (Bar-sur-Aube, Lebois et Morel, 1878. - p. 68 à 75.)

Cet opuscule montre que les exploiteurs de la superstition publique n'ont pas encore dit leur dernier mot. On y trouve les choses les plus naïves et les plus bouffonnes : Saint-André, Saint-Léon et Saint-Pierre-de-Vérone, concurremment avec Sainte-Agathe, Sainte Catherine et Sainte-Marguerite, sont invoqués pour les différents états de femmes enceintes ou des femmes stériles ; Sainte-Félicité est invoquée pour avoir des enfants mâles ; — Sainte-Wivine, contre l'enflure de gorge ; — Saint-Hippolyte, contre les faiblesses morales ; — Saint-Thaddée, pour les affaires désespérées ; — Saint-Mathias, « patron des charpentiers, taillandiers, buveurs et godailleurs repentants », est invoqué contre la petite vérole ; — Sainte-Gertrude, pour les chats et les voyages, contre les rats et la fièvre ; — Sainte-Tharaïde, pour la confection et la conservation du beurre ; — jusqu'au bon roi Saint-Louis, « patron des barbiers, coiffeurs, boutonniers, brodeurs, distillateurs, merciers, lapidaires, ouvriers en bâtiment, académies française, des sciences, de médecine, etc. », qui est invoqué contre l'acidification de la bière.

Les saints populaires du Berry sont donc parfaitement spéciaux à cette province et leur transformation mythique s'est tout naturellement opérée sur place. La manière d'implorer l'intercession d'un Saint quelconque est, du reste, presque partout la même : le jour de sa fête, on va processionnellement « faire un voyage » à son sanctuaire ; on fait brûler des cierges fournis par la fabrique, et le prêtre, moyennant finances, récite des évangiles spécialement affectés à la guérison du mal que l'on veut conjurer.

Mais les saints à miracles ne sont pas seulement implorés pour les hommes ; ils sont encore, et tout aussi efficacement, implorés pour les animaux.

A Mouhers, saint Antoine est invoqué pour la conservation du bétail ; l'église de Lignières possède un saint fameux contre le « badaudage » ou idiotisme des chrétiens et contre la « badauderie » ou tournis des ruminants.

Saint Hubert ramène au bercail les bestiaux égarés, guérit de la rage et éloigne les bêtes malfaisantes. Dans les environs d'Aigurande, les « marchands de

Saint-Hubert » promènent par les campagnes l'image du saint, à laquelle ils font toucher des bagues et des chapelets qui acquièrent ainsi des vertus préservatrices.

Le pèlerinage de la Chapelle-du-Fer, à Saint-Plantaire, attire, de tous les points des alentours, une quantité de monde pour la conservation du bétail. La veille de la Saint-Jean, les bestiaux de toute sorte, lavés et ornés de rubans, défilent processionnellement autour de la chapelle. Le jour de la Saint-Jean, il est célébré une grande messe durant laquelle les fidèles lancent sur l'autel des toisons de laine en guise d'offrandes. Le 17 janvier de chaque année, on célèbre à Prissac, dans l'ancienne commanderie de la Laude, une messe solennelle à laquelle on accourt de fort loin, et à la suite de laquelle on fait dire des évangiles pour la conservation des cochons ; autant de cochons, autant d'évangiles, autant de pièces de deux sous : de là, un casuel des plus fructueux.

VI

A la plupart de ces pèlerinages populaires sont annexées des fontaines dont les vertus miraculeuses semblent avoir existé antérieurement à l'introduction du christianisme : telles sont les fontaines de Sainte-Solange, de Notre-Dame-de-Vaudouan, de Saint-Firmin, de Saint-Clair, etc. La source vénérée de la Fontaine-Gombault communiquait avec une grotte qui est devenue, depuis la fondation de l'abbaye de Fontgombault, une chapelle souterraine dédiée à la Vierge-de-la-Grotte.

Même transformation pour la petite fontaine de l'Ermitage, commune de Douadic, où les pèlerins lavaient toujours leurs pieds et les parties malades ou douloureuses de leur corps avant de se rendre à la chapelle de la Mer-Rouge. Cette chapelle, dédiée à la Vierge et célèbre par ses pèlerinages annuels, est bâtie sur un îlot situé au milieu du vaste étang. Elle était primitivement adossée à un chêne miraculeux, probablement sanctifié par le culte catholique. Afin d'en faciliter l'accès aux nombreux pèlerins, on la relia à la terre ferme par une étroite chaussée.

Un temple païen s'élevait jadis sur les bords de la source célèbre de la Font-Chancela : la tradition rapporte qu'il fut détruit de fond en comble par saint Martin, lorsqu'il passa à Lacs. C'est le même saint qui « réduisit en poussière » le temple païen sur l'emplacement duquel s'élève aujourd'hui l'église Saint-Pierre et Saint-Paul, de Levroux.

Non loin de là coule la fontaine miraculeuse de Saint-Sylvain, patron de la ville, et dont la légende est en grande vénération dans tout le pays d'alentour.

Un peu plus au nord, au pied du coteau escarpé sur lequel avait été édifiée la vieille ville préromaine, sont les sources mystérieuses du ruisseau de Sept-Fonds, fermées par d'énormes pierres, scellées avec de massifs anneaux de fer : si on les ouvrait par malheur, tout le pays serait complètement inondé.

Il en est de même pour la Fontaine-Garnie, aux portes de Vatan : anciennement la source se déboucha tout-à-coup et causa de grandes inondations. On ne put la fermer qu'en ramassant les laines de tous les moutons de la contrée et en obstruant le cours de la fontaine avec ces toisons recouvertes de grosses pierres. Depuis cette époque, les paysans des alentours ne payèrent plus la dîme des laines. Malgré cela, Vatan, d'après la légende, est fatalement condamné à une inondation spontanée et à un enfouissement subit dans le marais sur lequel la ville est construite.

Pareil malheur est arrivé à Neuvy-Saint-Sépulcre, qui, jadis, s'engloutit dans un lac, à l'endroit appelé aujourd'hui Ville-Perdue.

Ne pourrait-on pas voir, dans ces légendes, la tradition d'anciennes cités lacustres disparues ou trans-

3

formées ? Peut-être aussi faut-il attribuer une origine analogue à la légende relative à l'ancien étang de Villiers, près de Lignières, dans lequel se promenait le « serpent au diamant. » Cette légende du serpent existe également à Lacs et à Sablançay, localité mystérieuse que l'on place dans les environs de Bourges. Elle a aussi de grands rapports avec le fameux « cocadrille » de Culan.

Dans le même ordre d'idées rentre la vénération pour la fontaine de Michavant, sise à trois kilomètres d'Henrichemont, où, de tout temps, on a jeté des offrandes superstitieuses : cette coutume nous reporte aux âges préhistoriques, ainsi que cela a été constaté pour le lac Saint-Andéol, dans la Lozère, à Vicarello, en Italie, etc. A Morogues, près d'une ancienne chapelle dont il ne subsiste plus qu'un pan de mur informe, est une fontaine sacrée, appelée aussi fontaine de Michavant. Sa vénération mystérieuse s'est transmise depuis les époques les plus reculées jusqu'à nos jours. Trois fois de suite, le vendredi, on doit y jeter des menues pièces de monnaies, afin de se guérir de la fièvre. Les propriétés miraculeuses de la source ont été consacrées par l'érection du sanctuaire, aujourd'hui en ruines, sous l'invocation de sainte Marie-Madeleine. On y vient en pèlerinage le jour de la fête de la sainte.

Beaucoup de ces fontaines se bornent à guérir la fièvre, les douleurs et les autres maladies : telles sont celles de Saint-Firmin, à Bourges et à Primelles ; de la Chapelle-Saint-Léger, dans la commune de Gron ; de Grammont, à Genouilly ; de Saint-Pantaléon à Cours-les-Barres, etc. La fontaine Saint-Sulpice, à Vendœuvres, près de la forêt Thibaud, est une des plus souveraines pour la guérison des douleurs ; de même la fontaine de Saint-Genou qui autrefois était le seul remède efficace contre le « mal-des-ardents. »

La fontaine de Saint-Palais, sur le territoire de la commune de Saint-Martin, possède également une foule de propriétés merveilleuses : on invoque el.

saint pour guérir les enfants des fièvres et des maladies de langueur ; on promène également ses reliques, en temps de sécheresse, pour obtenir de la pluie.

Dans la commune de Saint-Aubin, au milieu de la forêt de Bommiers, coule, abritée par de magnifiques chênes séculaires, une fontaine qui, à plusieurs lieues à la ronde, guérit la fièvre et quantité d'autres maladies. Pour cela, il suffit aux malades de suspendre ou de faire suspendre aux troncs des vieux arbres, durant neuf jours consécutifs, des chapelets ou des médailles ; puis, au bout de la neuvaine, de faire brûler un cierge, de décrocher les ex-voto, et d'emporter une bouteille de l'eau de la source.

A Lury, il existe une fontaine très froide où, vers le temps de Noël, on plongeait autrefois les enfants atteints de la fièvre : la moitié au moins succombait à l'épreuve. Il n'y a pas fort longtemps que l'on avait encore, dans cette commune, l'habitude d'éteindre les incendies causés par le feu du ciel en les aspergeant avec des gouttes de lait.

A Argy, la fontaine miraculeuse « Saint-Martin » est en grande vénération dans la contrée : le Saint s'étant couché au bord de cette source et ayant planté près de lui son bâton et celui de son compagnon, les deux bâtons devinrent soudain des arbres magnifiques qui l'abritèrent de leur ombre. Depuis ce temps, les arbres de Saint-Martin sont sacrés : celui qui aurait l'audace de les couper mourrait dans l'année.

Un certain nombre de ces fontaines possèdent des spécialités parfaitement déterminés : A La Châtre, on fait brûler des cierges devant la fontaine de Granfont pour la délivrance des femmes en couches. C'est devant cette fontaine que s'arrêtaient les « Michelets », au retour de leur pèlerinage à Saint-Michel-sur-Mer ; là, le clergé venait les chercher pour les conduire processionnellement à la chapelle de Notre-Dame-de-Vaudouan.

A Vasselay, la fontaine Saint-Julien, qui a des

propriétés merveilleuses pour la guérison des maux d'yeux, guérit également de la « jalousie innommée »; aussi l'appelle-t-on la Fontaine-des-Jaloux : c'est là que l'on vient puiser un remède à ses peines.

La commune d'Argent possède une source qui est probablement unique dans son genre : C'est la fontaine de Saint-Mauvais, au bord de laquelle on va prier pour demander la mort d'un ennemi, d'un rival, d'une belle-mère, d'un parent à succession, etc. Heureusement que tout près de là se trouve la chapelle Saint-Bon, grâce à l'intercession duquel il est possible de remédier au mal causé par Saint-Mauvais.

Enfin, plusieurs de nos fontaines sacrées ont la spécialité de féconder les femmes stériles. Je me bornerai à citer, dans cette catégorie, la fontaine Saint-Pierre, de Reboursin, consacrée autrefois à saint Greluchon, le même que saint Guignolet, en Bretagne, et autour de laquelle une assemblée se tient tous les ans, le premier dimanche après la Bonne-Dame de septembre.

Aujourd'hui ses vertus ont considérablement baissé dans l'estime publique, sans doute parce que la commune ne possède ni église, ni chapelle ; pourtant on vient encore, parfois même d'assez loin, implorer la toute puissante intercession du saint.

Tout récemment, au mois de septembre dernier, un élégant coupé, traîné par un fringant cheval isabelle, s'arrêtait devant le petit monument passablement délabré qui abrite la fontaine : un jeune homme et une jeune femme en descendirent. Ils restèrent quelques instants, la main dans la main, en contemplation muette ; puis, se baissant, ils burent lentement, à petites gorgées, à même la source miraculeuse, et ils remontèrent en voiture. Les deux époux, — ils étaient unis depuis un mois à peine, — venaient déjà demander au saint vénéré la consécration palpable de leur récente union.

www.ingramcontent.com/pod-product-compliance
Lightning Source LLC
Chambersburg PA
CBHW061618180626
46818CB00005B/2138